SIMPLE

ÉPITRE

A

VICTOR HUGO

PAR JULES GOURMEZ.

« *Sermo pedestris.* »

« Napoléon , soleil dont je suis le Memnon ! »
VICTOR HUGO

« L'orgueil, vous le savez, oui, l'orgueil, ô poète!
« A perdu le plus beau des anges, Lucifer.... »
J. G.

PARIS

DENTU , LIBRAIRE , PALAIS-ROYAL , GALERIE VITRÉE

ET CHEZ TOUS LES MARCHANDS DE NOUVEAUTÉS.

—

1853

SIMPLE

ÉPITRE

A

VICTOR HUGO.

SIMPLE

ÉPITRE

A

VICTOR HUGO

PAR JULÉS GOURMEZ.

« *Sermo pedestris.* »
Napoléon, soleil dont je suis le Memnon ! »
VICTOR HUGO.

« L'orgueil, vous le savez, oui, l'orgueil, ô poète!
« A perdu le plus beau des anges, Lucifer.... »
J. G.

PARIS

DENTU, LIBRAIRE, PALAIS-ROYAL, GALERIE VITRÉE

ET CHEZ TOUS LES MARCHANDS DE NOUVEAUTÉS.

—

1853

UN MOT DE PRÉFACE.

Admirateur sincère du talent poétique et dramatique de M. Victor Hugo, je déplore un libelle honteux, que je persiste à classer parmi les apocryphes.

C'est un spectacle trop navrant de voir des Français tirer sur leur propre drapeau.

Une fèmme d'un si grand esprit, quand sa vanité personnelle n'était pas en jeu ; un homme d'un si beau génie, quand il n'était pas dominé par la plus étrange monomanie, celle de se croire l'antagoniste « fastique » de l'Empereur, — Mme de Staël et Châteaubriand, avaient déjà descendu tous les deux, en 1815, cette pente fatale. Plus récemment, M. de Lamartine, le loyal M. de Lamartine, égaré par je ne sais quelle vendetta politique, encensait Wellington au détriment du plus grand capitaine des temps modernes.

N'est-ce pas déserter à l'étranger ?

Au nom du ciel, ne mettons pas nos rancunes ou nos antipathies privées dans l'histoire, qui doit être la voix de la conscience humaine !

« Soyez unis pour rester une nation ! » furent les derniers
adieux du grand homme proscrit à la France.

En citant plusieurs fois, dans cette humble épître, M. Victor
Hugo à lui-même, j'ai eu la double pensée de le ramener au
respect de son passé poétique, et de rappeler au nouvel Empereur, si par hasard ces pages tombaient sous ses yeux, les titres
indélébiles du poète à la clémence absolue et sans réserve du
neveu de César.

Les Bonapartistes de la veille et de l'avant-veille, je suis de
ceux-là ; tous ceux qui, pour employer les expressions de
M. Alexandre Dumas, l'inflexible républicain que chacun sait,
« brûlaient en 1830 la dernière amorce de Waterloo, » souffrent
de voir se prolonger l'exil de l'auteur des strophes « A la Colonne »,
et de tant d'autres strophes célèbres, exaltant Dieu et l'Empereur.

20 Mars 1853.

JULES GOURMEZ.

SIMPLE ÉPITRE

A VICTOR HUGO.

Le courrier d'Albion vous porte mon épître :
Songeant à votre exil sous un ciel étranger,
Maître, il est plus d'un mot que je voudrais changer,
Mais c'est de notre histoire un fidèle chapitre.

Ovide, nous dit-on, souhaitait d'être un sot,
Quand il mangeait un pain trop amer loin de Rome;
Depuis qu'Adam mordit à la fatale pomme,
Jamais le même vœu n'a dû manquer d'écho.

Toute gloire ici-bas par la douleur s'achète;
Je ne sais quel serpent l'enlace de ses nœuds.
Heureux le villageois plus simple que ses bœufs,
Et le mousse qui dort au sein de la tempête !

Ce serpent, ce n'est pas l'envie au noir poison ;
Non, sous ses pieds, la gloire en souriant l'écrase;
Poète, c'est plutôt notre orgueil que tout blâse,
Eût-il avec Médée enlevé la toison !

On se croit le pivot et le centre du monde;
On voudrait disposer du jour et de la nuit,
Et si mal à propos parfois le soleil luit,
D'un signe de sa main le replonger dans l'onde.

La France est lasse enfin des singes de Danton
Et des calques fort laids de monsieur Robespierre.
L'un eut le front de bronze et l'autre un cœur de pierre;
Pas plus que vous ni moi, ce n'était un Caton,

On a trop abusé du beau masque stoïque,
En ce siècle surtout, plus ou moins jacobin,
Nourri dès le berceau de grec et de latin,
Et par trop malhabile à copier l'antique.

On dit au compagnon de ses labeurs en *us* :
« Nous allons donc entrer en scène dans le monde!
» Marche droit, mon ami, sur la machine ronde;
» Si tu deviens César, je deviendrai Brutus. »

On se dit tout cela, puis beaucoup d'autres choses;
Mais si l'on se revoit quatre ou cinq ans plus tard,
C'est en un gai festin où Brutus et César
Trinquent d'assez bon cœur et sur un lit de roses.

« Laissons dormir en paix Codrus, Timoléon,
» Léonidas barrant le passage à l'Asie.
» Parlez-nous de Phryné, parlez-nous d'Aspasie;
» Couronnons-nous de fleurs avec Anacréon. »

En peu de mots, voilà tout ce que le collége
Au jeune amphitryon inspirera ce soir.
Son convive d'un jour, que la misère assiége,
Se souvient plus longtemps de Sparte au brouet noir.

Quand ces roses d'emprunt demain seront fanées,
Quand l'ami qui le traite en sultan Saladin
L'aura congédié dès l'aube du matin,
C'en sera fait pour une ou pour plusieurs années.

Je le vois regagnant son faubourg Saint-Marceau ;
Poète, il fait des vers comme en faisait Cassaigne,
Peintre, il peint le portrait et plus souvent l'enseigne.
Horreur ! il brisera sa plume et son pinceau !

Il se fera tribun. S'il avait cru sa mère,
Il serait aujourd'hui laboureur au pays,
Honnête métayer, ou soldat aux spahis,
Et peut-être officier, s'il avait cru son père!

Il se fera tribun. Peste soit des beaux-arts,
Route de la fortune et de la renommée !
L'hôpital, dont la porte est trop souvent fermée,
Est-ce une perspective après tant de hasards ?

Il se fera tribun, car s'il meurt à la peine,
Si pour lui l'horizon est de plus en plus noir,
Il ne peut renoncer à ce classique espoir.
N'est-il pas toujours temps de sauter dans la Seine ?

Il se fera tribun comme Clootz et Babeuf,
Il a le timbre bon et parle d'abondance.
L'incendie allumé, bien mauvaise est la chance,
Si dans la cendre chaude on ne cuit pas son œuf.

C'est à Paris, surtout, qu'on voit maint Erostrate,
Jurant de tout brûler, le temple avec le dieu.
Et pourquoi ? Parce qu'ils n'ont, hélas ! ni feu ni lieu.
Mais pour se pendre, au moins, n'ont-ils pas leur cravate ?

Un chrétien sait du drame attendre le final.
Pâtre ou roi, riche ou pauvre, il faut six pieds de terre
Aux morts, ni plus ni moins, eût-on rempli la terre
Du bruit de ses exploits, comme un autre Annibal.

J'en reviens à mon thème et je me dis : Pauvre homme !
Si le sort l'éclairait d'un rayon de bonheur,
Recouvrant à la fois son bon sens, son bon cœur,
Il comprendrait bientôt que Paris n'est pas Rome.

Il le sait déjà trop. Dans les taudis fumeux
Où viennent s'attabler et grouiller tous les vices,
Des Romains de nos jours se tiennent les comices.
Malgré son gousset vide, il a souvent peur d'eux.

Toujours poison, poignard, toujours la guillotine !
L'un commente Saint-Just; un autre renégat,
Après avoir braillé son hymne au dieu Marat,
Du sang des aristos demande une chopine.

Et l'hôte la lui sert. Il sait que par ce nom,
« Le zigue » en belle humeur désigne son « campêche »
Il aime ces gens-là, car en eau trouble il pêche,
Mais il ne leur fera jamais crédit d'un « rond. »

Où tend donc cet argot ? Je veux vous faire plaindre,
O sublime poète, un confrère perdu
Dans l'enfer où parfois vous êtes descendu
Chercher certains tableaux que vous aimez à peindre.

Combien de malheureux voudraient prendre l'essor !
Pour gagner un autre air, il leur manque les ailes
Qui vous ont fait planer loin des sphères mortelles,
Et qui peuvent si haut vous élever encor.

A vos lauriers d'alors ajoutez un trophée.
Descendez dans cet antre où l'on voit tous les jours
La brebis panteler sous la griffe des ours,
Et les ours lécheront les pieds d'un autre Orphée.

Oh ! combien de brebis, poète sans égal,
Contre un vent doux et frais que le ciel leur mesure,
Vont chercher sottement l'abri d'une masure
Où le boucher les prend pour garnir son étal.

Sauvez-les , sauvez-les. L'antre de Polyphème
En contient des milliers qui ne sortiraient plus.
De ce hideux géant crevez plutôt vous-même
L'œil unique, enchaînez ses membres trop repus.

Nous avons vainement tenté son exorcisme.
Poète, notre espoir est désormais en vous.
Sur Pégase monté, portez les derniers coups :
Le monstre de nos jours a nom Socialisme.

De vos brillants débuts, quand je me souvenais
Du temps où vous disiez : « Écoutez le poète
Et le rêveur sacré ; je suis le vrai prophète. »
Telle est la mission que pour vous je rêvais.

Jugez de ma douleur : ce magnifique rôle,
Vous l'auriez rejeté pour prendre avec Proudhon
Parti contre Saint-George à côté du dragon,
Joignant à son venin celui de la parole !

Hélas ! hélas ! hélas ! et quatre fois hélas !
En lisant ce pamphlet écrit avec la boue,
Je me sentais monter le rouge sur la joue,
Pour vous seul, ô poète ! Eh quoi, tomber si bas !

Mes yeux me trompaient-ils ? Armé d'une escopette,
Comme au bord du chemin un bandit calabrais,
Victor Hugo tirant sur le drapeau français !
Et tu dors, Jeanne d'Arc ? et tu dors, Jeanne Hachette ?

Saintes de notre histoire ! au poète félon
Qui déchire le sein de la commune mère,
Apparaissez. Brisez l'écusson de son père.
O fils d'un vieux soldat, seriez-vous un Sinon ?

Votre muse a chanté les rois d'antique race
Et vous étiez l'enfant gâté de Charles-Dix.
Après avoir d'abord butiné sur les lis,
De l'Empereur proscrit vous cherchâtes la trace.

Et vous la retrouviez sans peine, en vérité :
Partout de son génie il a laissé l'empreinte.
Vainement l'Atlantique entourait l'île sainte
Où rayonnait déjà son immortalité !

Philippe d'Orléans, qui pour vous fut bon prince,
Parmi ses pairs conscrits vous fit un jour asseoir.
Ce n'était là pour vous ni monter ni déchoir,
Mais votre muse alors eut un rôle assez mince.

Peu faite pour porter l'officiel manteau,
Par d'arides débats condamnée au silence,
Souvent elle boudait. Vous rêviez l'éloquence
Du forum ou du moins celle de Mirabeau,

Oui, de foudre et d'éclair, cette éloquence armée
Qui gronde sur les flots d'un houleux océan.
La tribune française attendait son géant,
Vous alliez détrôner un célèbre pygmée !

Tel il vous paraissait comme à plusieurs, dit-on,
Mais on ne juge pas l'éloquence à la taille.
Il vous dut souvenir plus tard de la bataille
Du lion de la fable avec un moucheron.

Philippe s'en alla. La royauté bannie
En sera-t-on plus libre et partant plus heureux ?
Non, l'arène est ouverte aux plus ambitieux
Et chacun veut déjà sa part de tyrannie.

Il en est jusqu'à vingt que l'on cite en riant,
Comme ayant rêvé tous la puissance suprême,
Les faisceaux, les licteurs, peut-être un diadème.
Ils se sont réveillés Gros-Jean comme devant.

Ainsi, le jeu fini, dans la boîte on enferme,
Les cavaliers, les rois, les fous d'un échiquier ;
Plus d'un républicain comptait sans son banquier,
La république étant venue avant son terme.

Ses docteurs la disaient viable ; mais bientôt
On la vit, coup sur coup, retomber en syncope ;
Et, sans être astrologue, on tirait l'horoscope
De ce gouvernement boiteux, borgne et manchot.

Dictateurs marocains et Washingtons en herbe
Durent plier bagage, et leur mauvaise humeur
Prêta longtemps à rire au Français né moqueur :
Un pareil dénoûment confondait leur superbe.

A l'Elu du pays, qui reçut mission
De faire maison nette, ils ont gardé rancune,
Et tous ces grands enfants qui demandaient la lune,
S'en prennent à lui seul de leur déception.

L'orgueil, vous le savez, oui, l'orgueil, ô poète !
A perdu le plus beau des anges, Lucifer,
Précipité du ciel dans le septième enfer :
On eût cru voir tomber une errante comète.

Combien le nombre est grand de ces anges déchus !
Relisez, dans Milton, leurs sinistres prouesses :
Notre siècle altéré de pouvoir, de richesses,
Fournirait le sujet de quelques chants de plus.

Mais il est bientôt temps que ma lettre s'achève ;
J'ai déjà préparé la cire et le cachet.
A la flamme d'abord livrons ce vil pamphlet,
Qu'on eût brûlé jadis sur la place de Grève.

Cet odieux libelle ! il vient « je ne sais d'où »,
Et vous l'attribuer, c'est battre la campagne,
Ou bien, « le vent qui souffle à travers la Montagne »
Vous aurait un instant, poète, rendu fou !..

Gastibelza, du moins, l'homme à la carabine,
Etait fou par amour et fou d'un grand œil noir.
La Licence jamais, déesse de trottoir,
Ne l'eût ensorcelé comme Dona Sabine.

Il se pourrait encore que l'auteur d'*Hernani*
Ait eu le cauchemar et que son œuvre en date,
Témoin cette infernale et fameuse sonate
Que le Diable dicta lui-même à Tartini.

Sur la terre d'exil, le cauchemar vous guette,
Et lorsque le sommeil paraît le plus profond,
Ce fils de Belzébuth saute à califourchon
Sur le sein palpitant du malheureux poète.

Vous dormiriez bien mieux sous votre toit français.
Le neveu de César, qui volontiers pardonne,
Ne saurait oublier vos vers à la Colonne.
Vous n'êtes pas de ceux qu'on exile à jamais.

Au ciel de la patrie une petite étoile
Paraît s'être éclipsée ou porter votre deuil.
Etait-ce un feu follet? L'exil est un écueil ;
N'y faites pas sombrer votre barque sous voile.

La patrie avant tout! Arborez pavillon
Sur la côte étrangère où vous jette l'orage.
Honorez votre exil, et revenez plus sage
Semer votre bon grain dans un meilleur sillon.

« Du haut de son rocher la gloire me pardonne, »
Disait Châteaubriand, qui d'un si long regret
Paya le court succès d'un odieux pamphlet ;
O poète, imitez l'exemple qu'il vous donne.

Faites-en devant Dieu votre *meâ culpâ.*
Passe encore si l'outrage atteignait un seul homme
On le sait assez grand pour dédaigner, en somme,
Un pamphlet qui le pose en second Attila.

Mais ce libelle insulte à notre armée entière,
Et son auteur félon déserte à l'ennemi ;
Au qui vive étranger puisqu'il répond : Ami !
Garde à vous, sentinelle, au bord de la frontière !

Arrière le poison qui gonfle ces ballots !
O poète, il y va de votre propre gloire.
Rappelez-vous Juillet, votre chant de victoire.
« Mère, réjouis-toi : tes aiglons sont éclos ! »

Vous acclamiez alors le signe d'alliance,
L'arc-en-ciel tricolore, hissé sur les deux tours
Qui vous ont inspiré l'œuvre de vos beaux jours.
Vous reviendrez, poète, y prier pour la France.

« Napoléon, soleil dont je suis le Memnon !.. »
Disiez-vous. Si le peuple, incarné dans un homme,
Couronne le neveu de César comme à Rome,
C'est un peu votre faute et celle de Proudhon.

Vous nous aviez promis une autre république.
A la danse macabre il fallut assister.
Sur des pavés sanglants nous avions beau monter
Pour voir venir la paix et l'âge d'or antique.

Le mortier de Nadaud, du vieux ciment romain
N'a pas la consistance et la force tenace ;
L'œuvre de Février n'a pas laissé de trace.
Sur la tête du peuple elle eût croulé soudain.

Assez et trop longtemps votre muse s'est tue,
Vous nous devez encore des chants mélodieux.
Le soleil de l'Empire illumine les cieux ;
Il saura de Memnon ranimer la statue !

Puisse-t-il réchauffer bientôt de ses rayons
Tous ces enfants perdus que regrette la France !
Car elle est bonne mère, et met sa confiance
Dans son élu, vainqueur des vieilles factions.

Oui, vous nous reviendrez, et les muses divines
Tressent déjà pour vous des guirlandes de fleurs.
La couronne qu'on pose au front des empereurs
Est trop lourde, ô poète ; elle est d'or et d'épines !

PARIS. — IMPRIMERIE CENTRALE DE NAPOLÉON CHAIX, RUE BERGÈRE, 20.

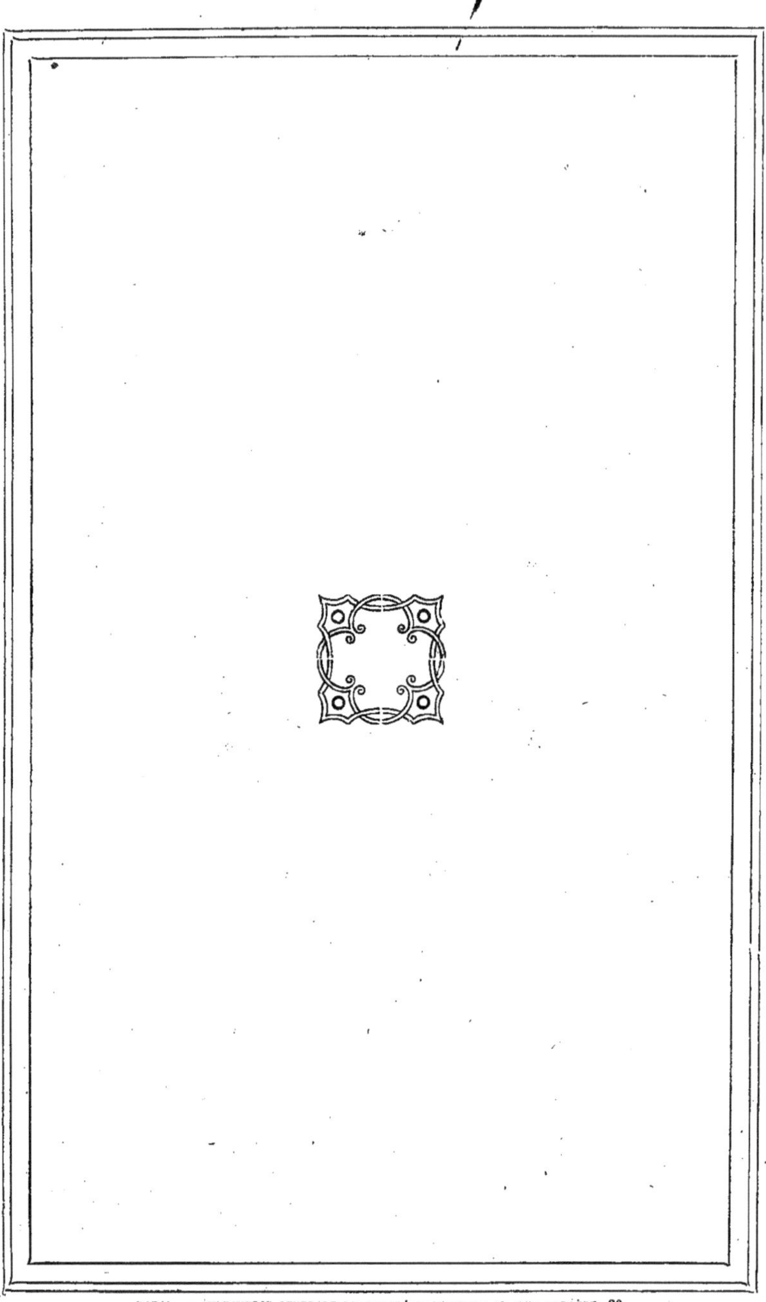

PARIS. — IMPRIMERIE CENTRALE DE NAPOLÉON CHAIX ET Cᵉ, RUE BERGÈRE, 20